벨씨네 엄병떵
시골 이야기

시골이 좋다고?
개뿔!

시골이 좋다고? 개뿔!
– 벨씨네 엄벙뗑 시골 이야기

2015년 5월 20일 처음 찍음

김충희 만화

펴낸곳 도서출판 낮은산
펴낸이 정광호 | **편집** 강설애 | **디자인** studio hey Duck | **제작** 정호영 | **영업** 윤병일
출판 등록 2000년 7월 19일 제10-2015호
주소 121-895 서울시 마포구 독막로9길 23 아덴빌딩 3층
전화 (02)335-7365(편집), (02)335-7362(영업) | **팩스** (02)335-7380
홈페이지 www. littlemt.com **이메일** littlemt2001ch@gmail.com **트위터** @littlemt2001hr
제판·인쇄·제본 상지사 P&B

ISBN 979-11-5525-042-6 03810

이 도서의 국립중앙도서관 출판예정도서목록(CIP)은 서지정보유통지원시스템 홈페이지(http://seoji.nl.go.kr)와
국가자료공동목록시스템(http://www.nl.go.kr/kolisnet)에서 이용하실 수 있습니다.
(CIP제어번호: CIP2015013125)

* 잘못 만들어진 책은 바꾸어 드립니다. * 책값은 뒤표지에 표시되어 있습니다.
* 이 책 내용의 일부 또는 전부를 재사용하려면 반드시 저작권자와 도서출판 낮은산 양측의 동의를 받아야 합니다.

김충희 만화

시골이 좋다고?
개뿔!

벨씨네 엄벙뗑
시골 이야기

모든 것은 내게서 비롯됐다.
그러니 내 끝까지 그대 곁에 있으리니
– 오골레기 오고셍이

차
례

반쯤만이라도

아랫집 윗집 사이에

내 이웃은 누구인가

저 해맑은 아이들

내 것은 내 발 아래에

호미 들고 한 걸음

찔끔해도 괜찮아

나오는 생명들

9

반쯤만이라도

자연인

이제 돼지꿈은 내 꿈이 아니다. 신물 나는 이 도시를 떠나 저 멀리 산골에 들어가 오두막 짓고 사는 게 내 꿈이다. 내가 가진 명예, 지위, 돈, 그 모든 넌더리 나는 것을 미련 없이 버리고 자연인이 될 것이다.

그러나 자연인이 되기 위해서 먼저 챙겨야 할 것이 있다.

꿈

나는 날마다 꿈이 이루어지는 것만 생각한다. 꿈꾸면 뭐든 다 이뤄진다. 누구도 말릴 수가 없다. 그리고 꿈을 이루기 위해서는 헌신짝처럼 버릴 게 무엇인가를 생각한다.

아무것도 버리지 않으면
아무것도 이루지 못할 것이다.
버리면 반드시 얻는다.

약속

이제부터 나 벨레기덩은 몸종이다. 몸과 마음을 다 바쳐 기꺼이 내 마님 벨라진책을 따를 것이다. 마님을 위해서라면 뭐든지 열심히!

마침내 시골에 집이 생겼다. 많은 걸 빼앗기고서 얻은 값진 보금자리다! 흥! 그깟 월든, 버몬트 따위는 하나도 부럽지 않다. 내가 서 있는 곳이 그곳이나 다름없다!

반쯤 시골

두메산골이 아니면 어떤가. 반쯤이라도 시골이면 좋다. 초록이 물들었다면 더 바랄 게 없다. 보아라, 들어라, 느껴라, 초오오오오오록!

뽀오얀 안개가 산무등을 타고
닭 소리에 잠을 깨면♪

초가집 굴뚝에 흰 연기오르니
시골 하루 시작된다♪

비 새는 천장

성장하기를 바란다면 고생을 해야 한다. 나는 어려서부터 고생을 많이 해봐서 안다. 어릴 때 난 눈물을 쏟아 내며 짜장면도 먹어 보았다. 반드시 깨닫는다. 고생이 우리를 자라게 한다는 것을.

띡 띡 띡‥

여보세요? 주인 할아버지.
글쎄, 비가 샌다구요. 아니,
그걸 왜 제가 고칩니까?
집주인이 고쳐야지요!

아, 글쎄
저는 그런 거
할 줄 모릅니다!

그쳤다.

집세 싸잖아.

헐값은 고생이 한 바가지나 된다. 우리를 얼마나 성장시킬지
가늠할 수도 없는 값이다.

● 임길택 시인의 시「똥 누고 가는 새」의 제목을 끌어다 씀.

"(…) 마루에 앉아 있노라니 / 날아가던 새 한 마리 / 마당에 똥을 싸며 지나갔다. // (…) 여기저기 구르는 돌을 주워 쌓아 / 울타리 된 곳을 / 이제껏 당신 마당이라 여겼건만 / 오늘에야 다시 보니 / 산언덕 한 모퉁이에 지나지 않았다. // 떠나가는 곳 미처 물을 틈도 없이 / 지나가는 자리마저 지워버리고 가버린 새 / 금 그을 줄 모르고 사는 / 그 새."

꽃과 나무

이건 꽃, 저것도 꽃, 이건 나무, 저것도 나무. 꽃과 나무란 말을 알면 굳이 제가끔 이름을 알지 못해도 좋다. 자연을 누리는 일은 그다지 어려운 게 아니다.

사람들은 많이 아는 게 더 좋은 거라고 생각한다. 그러나 자연은 처음부터 이름이 없었다. 그건 모르는 게 더 낫다는 것을 뜻한다.

내기

아이가 자라 무엇이 되길 바라는가. 사업가? 판검사? 맘대로 해라. 나는 그런 걸 생각할
만큼 한가롭지 않다. 나는 시방 내 딸과 오줌 멀리 갈기기를 해야 한다. 뤼에는 앉아 갈
길 테니 무척 안정된 몸가짐이지만, 나는 뤼에가 시키는 대로 내 자지를 손끝 하나 안
대고 엉거주춤 서서 갈겨야 한다. 참으로 어려운 고비에 맞닥뜨렸다. 하지만 질 수 없다.

히힛!
아빠는 찔끔,
나는 쏴.

후루룹 찹찹

아빠도 한 입만 주라.

싫어. 아빠도
먹고 싶으면 이겨.
그럼 우리 내일도
할까?

버스

구멍가게

달팽이 걸음

도시는 시끄럽고 바쁘다. 기계처럼 달려만 간다. 나 또한 그랬다.
그러나 더는 쫓기지 않겠다. 이곳에서 조용히 내 걸음으로 살아갈 것이다.
가만, 가만히.

모든 게 손 때문에 빨라졌다는 걸 깨달아야 한다.
손은 거짓을 일삼는다. 손 때문에 엉망이다.
엉덩이가 더 진실하다.

진 거

내가 어릴 때 어머니는 뱀을 '진 거'라고 불렀다. 길다는 뜻이다. 이름 그대로 뱀이라고 불러선 안 된다. 옛날부터 그래 왔으므로 무조건이다. 만약 깜빡해서 함부로 뱀이라고 불렀다간, 쉬이익! 하고 어머니가 뱀처럼 나타난다. 그 뒤로 나는 뱀이 징그러워졌다.

허물

이 일을 어째! 그토록 문을 꽁꽁 닫으며 살았건만, 진 거는 끝내 집 안까지 들이닥쳤다. 그뿐 아니라 진 거 아가리가 뤼에 손을 집어삼킬 듯 덥석 물고선 놔주질 않는다. 아아악! 라진책이 잇달아 소리를 질러 대다가 빨래 건조대를 엉겁결에 잡아 진 거를 후려쳤다. 그런데 이게 뭐냐?

뱀 허물을 갖고 놀다니, 애가 어째 만날 저모양이야! 엉엉엉!

흐흐흑! 이건 다 당신 때문이야. 이사 가, 이사!

이그…

뤼에, 눔이 언제 우릴 물어뜯을지 몰라. 아빠는 아무렇지 않게 말하지만 물리면 죽어. 죽는다는 건 끝장이란 거야. 알았어?!

너 그거 안 버릴래?

어찌 자식을 탓할까. 다 내 허물이다.

재판

으드등 으드등! 밤새 잠을 설쳐 가며 법정에서 다투는 이들이 있다. 피해자 라진첵은 피의자에게 반드시 앙갚음해서 뼛속 깊은 슬픔을 떨쳐 내겠다는 것이고, 목격자 뤼에는 피의자가 모르고 그랬으니 용서해 줘야 한다고 했다. 반면 재판관은 이러지도 저러지도 못하고 눈치만 보고 있다.

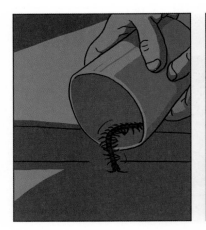

잘 가, 지네야.
다시는 우리 엄마
물지 마, 알았지?

엉엉엉!
내가 지네만도
못해?!

파업

"지붕은 터져 비만 오면 새고, 문만 열면 먼지투성이,
벌레는 바글바글, 뱀은 우글우글, 딸내미는 뱀 껍질로 장난질,
지네는 날 물어뜯고, 서방은 나 몰라라, 밤은 컴컴해 무섭고,
목욕탕도 영화관도 시장도 다 멀고, 내가 여기 있어야 할
까닭이 뭔데? 나 돌아갈래! 엉엉엉!"
그녀는 이렇게 울부짖고는 나가 버렸다.

용기

뱀, 쥐, 지네, 바퀴벌레, 벌, 나방, 풍뎅이, 노래기, 돈벌레, 노린재, 거미, 개미, 진드기, 자벌레, 구더기, 굼벵이, 달팽이, 쥐며느리, 파리, 그리고 어쩌다가 술고래까지…. 라진첵에게서 파리채가 떠날 날이 없다. 가볍고 빨라 두루두루 쓴다.

손님이 주인을 물어뜯어?

이크

착

착

착

남의 집에 허락도 없이 얹혀 살면서, 지 맘대로 까불고 꾸물거리고 날뛰는 게 뭔 손님이야!

착

착

착

난 그딴 손님 필요 없다고!

착착

착

씩

씩

척

확

필라

지이이이

살아나려면 용기가 필요해!

양심

발등이 콱 쑤셨다. 얼른 신발을 벗어젖혀 탁탁 털어 냈다.
지네다. 엄청 크고 징그러운 데다가 악랄하게 생겨 먹었다.
아, 라진첵도 이렇게 아팠을까? 하지만 난 비폭력주의자.
너를 죽이지는 않겠다. 그 대신 너보다 백배나 무거운
이 돌을 짊어져 잠깐이라도 뉘우치길 바란다.

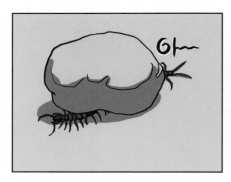

아니, 그런데 이놈이 죄를 뉘우치긴커녕
뺑소니를 쳐? 정말 겁이 없구나!

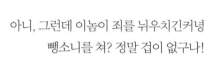

그렇다 해도 나는 비폭력주의자다.
나는 내가 누구인지 언제나 잊지 않는다.
모든 걸 다 버린다 해도 내 양심을 저버리지 않겠다.

달밤

저 시골 달덩이를 보라! 이보다 크고 밝은 달이 또 어디에 있단 말인가!

나가지 마, 레기덩

당장 이장한테 가서 따지겠어. 이장이 안 되면 읍장, 시장, 도지사, 그래도 안 되면 내가 아는 국회의원한테라도!

그건 나중에라도 해. 지금 나갔다간 총 맞아 죽어. 제발~

그렇다. 흔히 이런 사건엔 힘깨나 쓰는 이들이 얽혀 있다. 마을 유지와 지역 정치인, 그리고 조폭들. 하지만 두렵지 않다. 신문과 방송에 알려 모든 비폭력주의자들을 끌어모아 저 그물망처럼 짜인 깡패들을 죄다 휩쓸어 버리겠다. 땅끝까지 쫓아가서라도.

알았어. 지금은 참을게. 하지만 반드시 놈들을 잡고 말겠어!

그래.

꼭!

그만 자자.

탁

아랫집 윗집 사이에

옆집

아항~ 그거 노루여, 노루.

그게 생긴 건 예뻐도 짖는 소리는 무섭거덩.

농작물을 자꾸 건들거덩. 그래서 농부들이 총소리로 쫓는 거거덩.

진짜 총 아니거덩.

아.

그렇구나.

왈왈왈 왈 왈 왈

너무 놀랐어요.

밤인데 좀 심하네요.

허헛, 시끄러워서 잠을 설쳤겠군. 익숙해질 거거덩.

왈 왈 왈 왈 왈 왈 왈

아무튼 반가워요.

앞으로 잘 부탁드려요.

왈 왈 왈 왈 왈 왈 왈 왈 왈 왈 왈

요요~

닭

옆집에서 여간 신경 써 주는 게 아니다. 우리가 밤에
잠을 못 잘까 봐 시끄러운 닭들을 차근차근 해치우고 있다.
새벽 네 시쯤 우는 닭부터 두 시, 열두 시 즈음에 우는
닭들까지 잇달아 잡아먹고 있다. 이걸 고마워해야
하는 건가 말아야 하는 건가.

십 년 전에 백 마리쯤 사 왔거덩. 그런데 지금은 한 스물쯤 남았거덩.

어~

그렇다면 여든 마리가 없어진 셈. 어미 하나에 새끼 열 마리라고 치면 ......

맙소사! 팔백 마리를 해치웠어!

레기덩, 한 마리 잡을 테니 한잔허자고.

아, 저는 채식주의자예요. 고기는 물론 계란, 우유, 멸치, 아무것도 안 먹어요.

풀만 먹는다고? 참 별나군. 그럼 술은 어떻게 마셔?

경험

경험은 값지다. 몸을 써서 아는 게 참 앎이다. 몸놀림이 지식보다 앞서야 지혜로운 사람이 된다. 시골살이는 더욱이 그렇다. 그러니 나 또한 부딪치리라.

나는 비폭력주의자며 채식주의자다.
맹세코 닭 털 하나 안 건드렸다. 잡고, 뽑고,
삶는 일 모두 저들이 했지 난 구경만 했다.
그런데도 이번 경험은 너무 슬프다.
더욱 슬펐던 일은 죽은 줄 알았던 닭이
털이 뽑힌 채로 가마솥에서 뛰쳐나와 마구 날뛴
일이다. 살려 달라고 울부짖는 발가벗은 닭을
똥줄 빠지게 쫓아다녀 본 적이 있는가.

꼬아우꾸대꾸대애애아아악! 게다가 어떤 도둑놈은 밤새 닭장에 들어와 닥치는 대로 물어뜯고 갈가리 찢어 놓고 줄행랑을 친다. 족제비 같은 놈이! 아, 이거 정말 험한 꼴을 보며 살게 되는구나.

육식주의

그러나 닭은 새다. 아마떵이 닭 모이를 뿌려 주면 닭들은 참새, 까치, 비둘기, 까마귀들과 함께 사이좋게 나눠 먹는다. 전혀 슬퍼하거나 불쌍히 여기지 않겠다. 게다가 아마떵이 뿌려 준 닭 모이엔 항생제와 첨가물뿐만 아니라 소와 돼지 뼈까지 들어갔다.

저들은 고기 맛을 봤고 나는 여전히 풀만 뜯고 있다.
육식주의자들이 나를 공격하듯이 저들은 언젠가 나를 공격할 것이다.
아마떵은 지금 나를 물어뜯을 새들을 키우고 있다.

비애기

비 개인 날 아침, 물웅덩이에 빠져 죽은 옆집 병아리를
뤼에가 안고 왔다. 병아리는 이미 눈이 감겨 있었다.
나는 뤼에에게 죽은 목숨은 다시 살아날 수 없으며 죽고 사는 건
모두 신이 정하는 것이니 받아들이는 게 좋겠다고 말해 주었다.

뤼에,넌 아직 인생을 몰라! 죽는다는 건 끝장이란 거야!

......

......

다녀왔습니다.

장 봤구나.

어. 뤼에는?

쟤 좀 봐. 다 죽은 병아리를 주워 와서 품고는 잠들었어. 자기가 무슨 어미닭이라도 되는 줄 알아. 참내!

저러다 구더기라도 생기면 그건 다 뤼에 탓이야.

보라고. 삐악 대는 소리 들리지?

삐악
삐악
삐악

?

삐악
삐악

삐악
삐악

아유, 귀여워.

이럴 수가! 죽은 병아리가 부활하다니!

71

삐약

찍

이그, 가는 곳마다 똥이야.

뤼에, 옷에 똥 쌌잖아!

뻘 뤼에!

안 되겠어. 이리 내. 집 안을 똥통으로 만들 순 없어.

안 돼.

그래. 이젠 건강해졌으니 엄마한테 보내자.

자.

잘 가. 비애기야. 행복해.

뤼에는 자기 새끼를 살린 것인 양 기뻐했다. '비에 젖은 아기'란 뜻으로
비애기라고 이름도 지어 주고 언젠가 다시 만날 것을 약속하며
어미 품으로 돌려보냈다. 시간이 흘러 뤼에가 비애기를 까마득히
잊을 무렵, 마침내 비애기는 다시 돌아왔다.

아마떵, 무서워

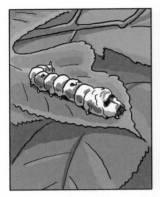

아줌마, 이거 봐요. 예쁘죠?

?

악!

킥킥, 아줌마 정말 겁쟁이야.

아줌마 놀리면 못써!

꽁

뤼에, 장난 치지 마. 무서워.

끔찍한 일이 벌어졌다. 벌레만 보면 무서워 소리치고 뛰어다니는 겁쟁이 아마떵이 갑자기 괴물처럼 변했다. 알다가도 모를 일이다. 아마떵, 정말 무섭다.

서리

그땐 그랬다. 먹을 게 없던 가난한 시절, 서리만큼 가슴 벌렁거리는 일이
또 있었을까. 그때를 생각하니 눈물이 난다.

아마땡이 달걀 하나로 쩨쩨하게 굴지는 않는다. 틈날 때마다 뤼에 먹이라고
한 양푼씩 갖다주곤 하니까. 그러나 서리를 하고 싶은 맘 억누를 수가 없다.
이번에야말로 성공해서 내 잊힌 이름값을 되찾겠다!

어서 달걀을 가져가 뤼에에게 맛있는 비빔밥을
해 줘야지. 고추장에 김 가루, 그리고 참기름을
듬뿍 쳐 계란 프라이를 얹어 놓으면!
아, 자식이 맛있게 먹는 걸 보면 얼마나 행복한가.
수갑을 찬다 해도!

평화를 꿈꿔요

개 교육을 어떻게 시켰기에! 나는 비폭력주의자.
옆집 이웃이든, 그 집 개든 폭력을 쓰면 용서 못 한다.
감히 우리 공주를 물어뜯다니! 못된 놈, 패락쉬!
절대 봐주지 않겠다!

어쭈, 웃어? ㅇㅇㅇ

헥헥

웃음이 나오냐, 이 개놈아!

퍽

꺄닝....

그러고 싶은 마음 굴뚝 같지만···

ㅇㅇㅇ

활

나는 전쟁을 바라지 않아. 그 대신,

그림책을 읽어 주겠다.

나는 평화를 꿈꿔요

제목을 보니 어떤 뜻인지는 알겠지?

자, 책을 읽기에 앞서 예쁘게 차려입고 평화를 맞을 준비를 하자.

넌 개다!

그러니 책에서 새라는 글자가 나올 때마다 개라고 바꿔 읽을게. 그럼 알기 쉽겠지?

새

83

떨리는 내 입술에서 흘러나오는 가장 슬픈 낱말은 전쟁이다. 그것은 휴식을 모르는 흉악한 개다. 그것은 우리들 집을 파괴하고 어린 시절을 빼앗아 가는 무서운 개다. 전쟁은 개 중에서 가장 악한 개다.

● 옛 유고슬라비아 아이들이 전쟁에서 받은 상처를 글과 그림으로 표현한 책 「나는 평화를 꿈꿔요」(유니세프 엮음)에서 열두 살 마리다가 쓴 글의 한 대목. '새'라는 단어를 '개'로 바꿨다.

내 이웃은 누구인가

내 가까이 이웃들

나는 그저 조용히 살고 싶으므로 넘치지도 모자라지도 않을 만큼만 이웃들을 만날 것이다. 그이들 또한 나를 딱 그만큼 만나는 게 좋다. 사실 이웃이라 해 봐야 잘 알지도 못한다. 그러니 남들 얘기는 웬만하면 나불대지 않겠다.

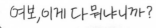

동네 이웃은 왜 이렇게 찍어 놨어?

착칵

얼굴을 꼼꼼히 들여다봐 봐.

착칵

치켜뜬 눈, 벌어진 콧구멍, 앙다문 입, 하나 하나 꿰뚫어 봐 봐.

그럼, 그 사람 속이 훤히 드러나 보이지.

저 사람 봐 봐. 눈꼬리가 처지고 눈알이 돌아가지. 뒤끝이 안 좋아. 그리고 저 사람, 일 년쯤 뒤엔 헤어질, 뻔한 얼굴이지.

시골서 조용히 살려면 이웃을 잘 살펴야지. 그리고 누가 날 해코지할지 모르니 조심하고도…

저 사람들이 해코지를?

누가 알겠어?

그러니 나다닐 때도 길에서 서로 마주치지 않는 게 좋다.
치레로 하는 거짓 인사 따위를 나누기보다는
차라리 길을 잃는 게 낫다.

시골 인심

옆집 아마땡이 닭을 가져오면 다음에 윗집 게므로사가 고등어를 갖고 온다. 그다음 뒷집 오가노렌이 복숭아를, 누네훼싸는 묵은 김치를, 잔줄르는 젓갈, 콩꼼은 사과, 비두웻은 복분자효소, 계매양은 쿠키… 누가 달라고 한 것도 아닌데 우리에게 막 퍼 주고 있다. 정말 모를 일이다. 먹을 걸로 친해지려 하다니.

어쩌지? 날마다 얻어먹기만 해서. 우린 줄 것도 없는데.

음

와, 맛있겠다.

이게 다 무슨 뜻이지? 난 많은 게 싫어. 질렸어. 믿을 수가 없다고.

너무 많은 걸 주고받으면 서로 바라는 게 많아져. 끝이 뻔하지.

적게 가지고 조금씩 나누지 않는다면 모든 게 끝장이야.

아

냠냠! 어차피 받는 거나 주는 거나 기쁜 건 똑같잖아.

와삭 와삭

93

조용히 사는 법

거듭 말하지만 나는 시골서 조용히 살고 싶다. 내 몸에 이끼가 낀다 해도. 사람을 자꾸 만나면 조용히 못 산다. 먹을 걸 갖다줘도 얻어먹기만 하고 주는 걸 잊고 살자. 그러면 사람들 발길이 뜸해질 것이다.

왜 나와 친해지려 하는가, 이 고독을 가로막는 훼방꾼들아!

초대받은 뜨내기

멘도롱이 저녁을 같이하자고 집으로 우리를 초대했다. 정말 모를 일이다. 밥은 자기네 식구끼리 먹으면 될 일 왜 굳이 남을 초대까지 하면서 먹는가. 하지만 작은 일에도 상처를 받는 법, 베풀고자 할 땐 도리질 쳐선 안 된다. 먹어 줘야 한다.

안녕하세요!

자, 어서

먼도롱, 뭘 이렇게 초대까지 해요?

와, 뤼에 오랜만이네.

꾸벅

어?

뤼에네 왔어요.

삥 씨네, 어서 와요!

이제 시골엔 뜨내기들이 토박이보다 더 붐빈다. 도시에 살던 뜨내기들은 시골에서 외롭기 때문에 모였다 하면 먹고 마시고 수다를 떤다. 또 도시를 만들려는 것이다. 시끄럽기가!

무뚱아피와 들라퀴

아주 조용히, 무뚱아피가 내게 선물을 주고 떠났다. 자식처럼 여겼던 말[馬]이다.
들라퀴, 그런데 어째서 너는 이렇게 시끄럽고 거칠단 말이냐!

마을 한 바퀴

마을 아랫길에 〈폐기물 처리장 결사 반대〉, 그리고 그 옆길로 빠지면 〈주민 안전 위협하는 매립장 중단하라〉, 그 위로 조금 올라가면 〈무분별한 혐오 시설 마을 주민 우롱한다〉, 다시 거기서 오른쪽 길로 쭉 가면 〈돌 공장이 웬 말이냐 우리 땅 지켜 내자〉 펼침막이 있다. 그리고 그 위쪽 길 밭담에 가슴 뭉클한 펼침막이 걸려 있다. 〈보라, 이 메마른 땅을! 우리는 벙어리가 아니다!〉

집집마다 대문 앞 명패에 이름을 써 달았다. 담벼락에, 비닐하우스에, 경운기에도
이름이 쓰여 있다. 물통, 들통, 농약 분무기, 과일 상자, 삼태기에…
심지어 풀밭에서 풀 뜯어먹는 소 몸통에도 쓰여 있다.

모든 게 임자가 있고,
모두 제 이름을 걸고,
귀하게 쓰겠다는
다짐이다.

왈 왈

들라퀴, 너도 이제부턴
내 거야. 알았지?

부닥닥닥닥닥닥

● 아동문학가 권정생 선생의 시 「밭 한 뙈기」에서 끌어옴.

"(…) 이 세상 / 온 우주 모든 것이 / 한 사람의 / '내' 것은 없다 // 하나님도 / '내' 거라고 하지 않으신다 / 이 세상 / 모든 것은 / 모두의 것이다 (…) // 밭 한 뙈기 / 돌멩이 하나라도 / 그건 '내' 것이 아니다 / 온 세상 모두의 것이다"

이 땅을 지키는 토박이들

거친 목소리가 마을회관을 가득 메웠다. 너도나도 옥신각신, 곧 주먹질이라도 벌어질 낌새다. 무슨 대책회의를 한다 해서 왔는데, 이 무슨… 난리람?

갑자기 한 무리를 이룬 사람들이 밖으로 우르르 썰물처럼 빠져나가더니 곧 밀물처럼 밀려왔다. 또다시 왕왕작작 큰소리가 터져 나왔다. 나 같은 뜨내기는 잠자코 구경이나 하다 가야지 주둥이를 잘못 놀렸다간 무슨 꼴을 당할지 모르겠다.

자연을 지키는 뜨내기들

땅은 모두에게 어머니다. 도시에서 온 뜨내기들이 토박이들처럼 땅에 기대어 살기 어렵다 해도, 그들은 자연에서 감사와 겸손을 배우며 살 것이다. 그리하여 마침내는 땅에 묻힐 것이다. 그러니 뜨내기나 토박이나 거기서 거기다!

동지회 (동네 지킴이 모임) ─
시부모 (시멘트를 부수는 모임) ─
자지뜨 (자연을 지키는 뜨내기들) 下
붉은노루 ─
기권 ─

자연을 지키는 뜨내기들은 옥신각신 얼굴을 붉혔다. 하지만 그들이 지닌 용기와 인내 덕분에 누구 한 사람 다치지 않았다. 이로써 모임은 만든 지 약 세 시간 만에 깨졌고, 말하나마나 다음 모임엔 아무도 안 나갔으며, 펼침막 또한 못 걸었다. 누구도 다시는 이 모임을 입에 담지 않았다. 뜨내기들은 이 동네 자연을 지키기 위해 정말 최선을 다했다. 자연을 지키는 일은 쉬운 일이 아니다.

낭질

낭질은 자기가 사는 곳을 숲이라 한다. 나무가 많으니까. 하지만 내가 보기엔 '습'하다. 그는 자기가 사는 시멘트 집을 나무로 다 덮어씌웠다. 그러고는 오두막이라고 불렀다. 눈 가리고 아웅이다. 그는 자기가 키우는 개를 늑대, 닭을 산새, 집에 몰래 들어온 고양이를 호랑이라 부르고 스스로를 숲지기라 부른다. 모두 새빨간 거짓말이다.

그러나 술을 얻어먹으면 그건 모두 진실이 된다. 그래서 사람들은 술을 좋아하는 것이다.

물론, 그 모든 거짓과 눈가림, 그리고 얻어먹은 모든 것은 뒷날 다 토해 내야 한다. 그따위 부대끼는 것들은 내 안에 두지 않겠다. 그것이 내 삶이다.

게므로사와 몽캐

이게 무슨 소린가? 그러니까… 마을을 떠도는 흰 수캐 한 마리가 몰래 들어와 자기네 집 개 몽캐를 건들려고 막 달라붙었는데, 몽캐는 남편이 있어서 남의 집 개와 사랑을 해선 안 되므로, 몽둥이로 때려 말리고 있지만 도저히 힘에 부치니 어서 와서 개를 떼어내 달라?

몽캐는 새끼를 아홉 마리나 낳았다.
여덟은 노랗고, 한 마리는 하얗다.
자연을 거스르는 일은
쉬운 일이 아니다.

노루

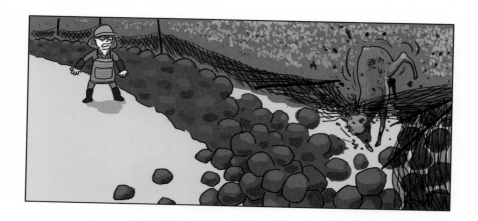

고사리 꺾으러 가다가 밭 울타리 그물망에 뿔이 감긴 노루를 보았다. 노루는 빠져나오려고 몸부림을 쳤지만 그럴수록 그물망은 노루를 더욱 옥죄었고 밭담 돌무더기에 제 몸을 다치게 할 뿐이었다. 머리와 몸에 피가 흥건했다. 얼른 119에 전화를 하니 읍사무소 직원이 달려왔다. 그와 내가 가까스로 노루를 붙잡아 뿔에 엉킨 그물망을 잘라 내는 동안 노루는 숨이 멎었다.

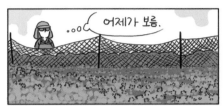

어제가 보름.

보름달 아래 펼쳐진 저 유채꽃밭이 얼마나 아름다웠을까?

세상에, 꽃구경 나왔다가 죽다니. 한 치 앞을 내다볼 수 없는 게 삶이로구나.

오늘은 그냥 돌아가야지. 고사리 꺾다 죽을지 누가 알겠어.

읍사무소 직원이 나를 구하기는 어려울 거 같아.

엄부렁과 맬록

뭐라고? 아니, 그걸 왜 신고해?

그러면 나한테 미리 말했어야지!

그거 맛 괜찮아. 먹을 만 하다고!

쯧쯧쯧, 너무 아깝게 됐구먼. 그거 한 마리면 동네 남자들 몽땅 불러서 거나하게 한잔하는 건데.

이그

저 영감탱이가 그러다 감옥 가려고!

이 양반아. 노루들 때문에 농사 다 망치잖아! 소, 돼지 다 먹는데 노루는 왜 못 먹어?!

법이 그래.

개 꼴, 사람 꼴

개장수가 확성기를 켜자 동네 개들은 서둘러 제 집으로 들어가 입을 틀어막았다. 하지만 엄부렁네 앞집은 시끄럽기 그지없다. 울음바다! 들어 보았는가, 죽음 앞에 선 개가 울부짖는 소리를!

개는 개처럼 살다 가는 거지.

이그...

절레 절레

난 요새 사람들 이해 못 해. 개 옷, 개 미용, 개 목욕탕, 개 장의사 ...

그게 어디 개 꼴이야? 사람 꼴이지.

부릉

자 자, 들어가 술이나 한잔허자고. 어서 와.

개 삽니다. 큰 개, 작은 개 다 삽니다.

멍멍 왈왈!

올무에 목이 졸려 끌려간 개는 일곱 마리.
이름도 낯설지 않은 쫑, 도꼬, 메리, 워리, 복실이,
멍멍이 누렁이다. 십여 년 전, 아직 채식주의자가
아닐 때 나는 이런 이름들을 맛본 적이 있다.
삼가 명복을 빈다.

오, 패락쉬. 이웃끼리 인사하자는 거구나. 오요요.

헥헥

패락쉬, 너는 주인을 잘 만나 참 다행이야.

헥 헥

안 그랬으면 정말 개처럼 살다 가는 거라고.

획

악

아으~ 저... 개 같은...

지직

지옥에서 계매양

라진첵이 또 노래기를 때려죽였다. 낭질은 지네를 불에 태워서, 아마떵은 뱀을 갈퀴로 후려쳐서, 무스거떵은 닭을 삶아서, 노또매는 개미를 밟아서, 누네훼싸는 거미를 휴지로 싸잡아서, 게프로사는 덫에 걸린 쥐를 물에 빠뜨려서, 오가노렌은 강아지 몸에 달라붙은 진드기를 손톱으로 찍, 동네 사람들 모두 누군가를 그렇게 죽였다. 심지어 패락쉬마저 병아리를 물어 죽였다. 이곳이 바로 지옥이다. 오, 신이여, 용서하소서!

예순 살 아가씨 계매양을 볼 때마다 세상 남자들이 얼마나 바보인지 다시금
생각한다. 이 지옥같은 세상, 저렇게 착한 천사아가씨를 혼자 늙도록 놔두다니!

들라퀴, 안녕

죽는 게 두려운가. 없었다가 있고 있었다가 또 없기도 하는 것인데도.
모두가 왔다 갔다 한다. 흙에서 흙으로 말이다. 나 또한 그럴 것이다.

어느 날 들라퀴에게 가 보았다. 들라퀴는 이미 뼛조각 하나 남기지 않고 사라졌다.
벌써 흙이 된 것이다. 들리는가, 들라퀴가 저승에서 무뚱아피를 태우고
바람을 가르는 소리를! 부닥부닥부닥닥닥닥!

선물

멘도롱이 손수 오두막을 만들자 낭질이 오두막에 매달 문을 만들어 줬다. 뤼에는 도토리를 주워다 장식품을 만들어 낭질에게 줬다. 그리고 노또매에게 얼굴을 그려 줬다. 노또매는 뤼에가 작아 못 입는 옷을 잘라 인형 옷을 만들어 다시 뤼에에게 줬다. 엄부렁은 아마뗑에게 탁자를, 오가노렌은 라진첵에게 천 깔개를, 게므로사는 뤼에에게 녹차 씨앗 베개를, 계매양은 내게 목도리를, 게므로사네 어머니는 내게 옷을… 동네에 사는 누가, 손수 어떤 걸 만들어 누구에게 줬다는 아주 작은 일들이 끝도 없이 벌어지고 있다.

그게 뭔데?

선물

나도 이웃한테 해 줄까 해서. 뭐, 딱히 해 줄건 없고, 바느질은 좀 할 줄 아니까.

착

오!

야~ 이거 멋진데 당신한테 이런 솜씨가 있었어? 팔아도 되겠다.

아빠, 나도.

어 너도.

훌륭해! 존경해!

그런데 뭐야, 그 표정은?

짜잔

짝 짝

까딱까딱

털털털

툭툭툭

나는 요즘 슬로우나 핸드메이드 또는 예술이라는 이름 아래 아주 비싼 값으로 뭔가를 만들어 파는 짓 따위는 하나도 거들떠보지 않는다. 내가 거들떠보는 건 동네에서 내 이웃이 만드는 작고 수수한 것들이며 또한 그것을 선물하는 마음이다.

저 해맑은 아이들

골목길

어릴 적 동무들과 골목길에서 놀던 때가
생각난다. 구슬치기, 숨바꼭질, 말타기,
무궁화 꽃이 피었습니다, 오징어,
우리 집에 왜 왔니, 땅따먹기, 딱지치기,
닭싸움… 그런데 아이들에게
지금 골목길은 어디인가.

레기덩, 뭐 하세요?
청소하세요?

?

헉헉

헉헉…아, 누네훼싸.
안녕하세요.

고맙습니다.
우리 집 앞을
청소해 주셔서.

꾸벅

고마우면…물이라도
… 한 잔 주고 그래야
… 하는 거 아냐?

헉

헉

헉

하…힘들다.

계획1

소꿉 놀 작은 나무 집을 만들어야지. 뽀로로, 뽕뽕이, 마당을 나온 암탉을 만들어 나무 위에 앉혀야지. 나무 아래엔 강아지 똥과 민들레, 나무 위에는 똥 누고 가는 새도 있어. 해먹과 흔들의자, 그 옆엔 책꽂이도 있어서 아이들은 놀다 지치면 나무 그늘 아래서 동화책을 읽다가 쿨쿨 잘도 자겠지. 무대도 있어야 해. 아이들은 예술을 좋아해서 해질 녘 노을빛에 춤추고 노래하며 시를 읊어 솜씨를 뽐낼 거야. 그럼 모두가 행복해지지. 뽐내는 아이들은 진짜 예술가야.

아저씨!

어, 누나 벨룽 어쩐 일이지?

우리 엄마가요, 집 앞을 깨끗이 청소해 주셔서 고맙대요. 그래서요, 호떡 잡수시래요.

하하, 그래 고맙다.

하지만 이건 청소가 아니고 너희가 뛰어놀 골목길이야.

벨룽, 이거 알고 물 같은 건 없냐? 목이 메는구나.

네. 엄마가 물은 안 주셨는데요.

꾸역꾸역

정말 알 수가 없구나. 물을 왜 안 주는 건지.

다음엔 꼭 물을 가져오도록 하렴. 알았지, 벨룽?

얼음을 넣어도 돼.

잘 먹었다.

네.

벨룽, 너를 보니 더욱 용기가 샘솟는다. 열심히 할게!

불끈

청소

그럼 공목길이라 불러도 괜찮다. 아이들이 잘 놀기만 한다면 그깟 이름이야 아무렴 어떤가. 굳이 골목길에 매달릴 까닭이 없다. 게다가 시골에 골목길을 만든다니 아무래도 그건 아니다. 그러니 이쯤에서 관둬야겠다. 골목길은 이제 끝, 그게 나는 뭔지도 모른다. 그러니 누구든 그 말을 씨부렁거렸다간 된통 혼꾸멍내주겠다.

누니벨룽

골목은 무슨, 얼어 죽을! 보라, 아이들은 흙만 있으면 어디서든 놀지 않는가. 세상이 다 놀이터다.

그런데 누네훠싸네 아들 누니벨룽은 왜 저러고 노는가. 자꾸 제 자지를 때리고 있잖은
가. 저런 놀이는 듣도 보도 못 했다.

자매

아침 여덟 시. 그냥 우두커니 기다리기엔 멋쩍다. 비질을 하는 척하면서 기다리다가 버스가 집 앞을 지날 때 손을 흔들면 된다. 학교 가는 아이들에게 손 흔드는 동네 아저씨, 얼마나 근사한가.

아이들이 반가운가. 그럼 손을 흔들라. 어떤 일이 있어도 멈추지 말고. 그러면 언젠가는 아이도 손을 흔든다. 아이가 손을 흔들면 더욱 크게, 두 손을 휘저어야 한다. 그러면 아이는 웃을 것이다. 나무와 새들과 구름에게도 손을 흔들어 보라. 아이들에게서 느끼는 것과 똑같다. 오늘 하루, 기분이 좋아지는 건 이렇듯 쉬운 일이다.

161

학교에 가다

아이들을 껴안는 게 두려운가. 그렇다 해도 난 껴안겠다. 누가 자기 자식만 껴안고 사는가. 나는 내 자식만 껴안지 않겠다. 아이들은 모두 자연에서 나고 자란 한 형제다. 모든 아이를 껴안을 것이다.

모두 우리 아이들입니다. 저도 이웃으로서 책임을 느낍니다. 동네 아저씨가 안 하면 누가 하겠습니까?

탁 탁

요즘 사람들!

쾅

다 돈돈 하지만 저희는 땡전 한 푼 안 받고 가르치겠습니다!

들썩 들썩

쾅

접잖게 좀!

꽉

+++

악~

아~~으

모쪼록 기회를 주신다면 저희도 공부하는 셈치고 열심히 해보겠습니다.

망아지들

저 해맑은 아이들을 보라. 저 아이들 눈동자에 내가 있다. 그러니 어찌 함부로 할 수 있는가. 무슨 일이 있어도 아이 때문이라고 말해선 안 된다. 아무리 수업을 방해하는 망아지가 있다 해도 신나게, 열심히 가르쳐야 한다.

걱정 마라, 애들아. 이건 그냥 으름장일 뿐이다. 그럴 맘 하나도 없다. 내 어찌 너희에게 등을 돌릴까. 어서 잘못했다고 빌렴. 그럼 나도 화를 내 미안하구나, 말하고 꼭 껴안아 줄게. 그리고 다시 신나게 그림 그리자.

내 그리운 아이들

곳곳에 망아지들이 죽치고 있다. 망아지들은 진짜 선생을 가리는 시험문제다. 망아지들을 어찌해야 하는가. 손찌검, 악다구니, 닦달, 으름장 따위는 틀렸다. 답을 모르는 가짜들은 뻔뻔하게 뻐기지 말고 이참에 나처럼 얼른 빠져나와야 한다. 더 망가지기 전에.

'선생님, 잘못했어요. 용서해 주세요. 다시는 망아지처럼 날뛰지 않을게요.
사랑하는 선생님. 제발 다시 돌아와 주세요. 다시 저희들을 가르쳐주세요.
다시는 동네 아저씨라고 하지 않을게요.'

귀하는 평소 지역 교육에
많은 관심을 가지고
어린이들이 재능을
키우는 데 크게
이바지하였으므로

그 뜻을 기리고자
감사패를 드립니다.

감사패

그러나 이제 나는 아이들에게 다시 돌아갈 수가 없다. 쩨쩨하게도 교장선생은 일 년을 가르친 라진첵에게는 감사패를 주고 나한테는 아무것도 주지 않았다. 쩨쩨하기가! 나는 사실 교장선생이 쩨쩨하다는 것을 이미 알고 있었다. 보라고, 얼굴에 쓰여 있지 않은가! 쩨쩨!

내 그리운 아이들. 동코레기, 헤끄만, 왈캐기, 늬치럼, 도당퀴, 문들라시, 히멩, 그리고 드르쌍, 까불렉…

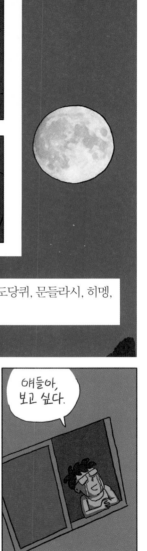

얘들아, 보고 싶다.

내 것은 내 발 아래에

마침내 내 손으로

송곳처럼 날카로운 외마디소리가 들렸다.
이런, 망치가 또 내 손을 후려쳤다.

이게 다 어머니가 날 귀하게 키운 탓이야!

하지만 꼭 만들겠어. 이까짓것 하나 못 하면 이 땅에서 내가 할 수 있는 게 뭐 있겠어!

레기덩, 다 안 됐어? 부침개에 막걸리 한잔하고 해.

뒷시

엎드리는 마음으로 아랫도리를 풀어 나무와 풀과 꽃들에게 몸을 드러내요. 하늘과 구름과 바람에 몸을 맡겨요. 용쓰세요. 몸 깊은 곳에서 나오는 똥가리는 생명이 움트는 씨앗이며, 땅을 살리는 밑거름이고, 밥이며 목숨입니다. 일을 마치면 톱밥 한 삽 덮어 자취를 지워요. 땅을 좇는 뜨거운 맘 식지 않도록 뚜껑 꼭 닫고, 똥 누고 가는 새처럼 가뿐히 돌아가세요. 똥 주셔서 고마워요. 이제 우리는 똥으로 맺어졌어요.

계획2

똥을 눈 들통이 차면 두엄간에 비워 풀을 덮는다. 그렇게 누고 덮고 붓기를 여러 날 여러 달, 그러면 그 속에서 벌레와 구더기와 숱한 생명들이 마침내 똥을 푸슬푸슬한 커피빛깔 흙으로 만들어 준다. 그러면 난 작은 나무 상자를 짜 흙을 소복이 담고, 알록달록 꽃무늬 포장지로 곱게 싸서 우편으로 보낸다.

그깟 똥 안 먹는다

똥이 밥

화장실은 아무것도 기억하지 않는다. 남는 게 없다. 그러나 뒷간은 아니다. 버리거나 씻어 내지 않는다. 똥도 기억도 다 누고 모아 둔다. 나는 아무것도 버리지 않겠다.

아직도 이해가 안 되나 본데, 이건 인간 기본권 문제야! 난 여자이자 사회인으로서 마땅히 누려야 할 권리가 있어!

저 따위 허접한 불법 시설물에서 내 치맛자락을 걷어 올릴 순 없다고!

뭐, 허접? 인류와 지구 생존권 문제야! 불편해도 옳은 길을 따라야지!

당신이 뿜어내는 말은 다 똥이야!

왜 뽀뽀는 안 하고 나가는데?!

됐어! 똥이나 싸!

콰

고백

한때 그녀와 사랑에 빠진 적이 있었다. 언제였던가, 한 아름 꽃 안겨 주며 사랑을 속삭였던 게. 오늘은 망설이지 않으리. 그때 그 느낌 그대로. 아, 콩닥거리는 심장이여! 그녀에게 전하리라, 내 뜨거운 마음을!

그대, 뚜껑을 열면 똥꽃 활짝 핀 감동이
파도처럼 밀려오리니!

하마터면, 똥벼락을 맞을 뻔했다. 왜 라진첵은 내 뜨거운 마음을
받아들이지 않을까? 사랑이 식은 것일까?

날이면 날마다

밤이면 별이 좋아 달이 좋아, 비 오면 빗소리도 좋아, 심지어 천둥 벼락이 쳐 대도 좋다고 나가서 똥을 누다니, 뤼에, 너는 정말 영웅이다!

달리는 똥

손님 마중

도시에서 손님이 오기로 했다. 시골 삶은 늘 어수선해서 우리는 집 안팎을 힘껏 쓸고 닦았다. 뒷간도 깨끗이 청소했다. 도시 손님은 이런 뒷간이 낯설고 어려울 수 있으니 새 듣통으로 갈아 예쁘게 똥꽃 맵시를 냈다. 그리고 뤼에가 쓴 시는 내리고 내 시를 달았다. 뤼에 시는 힘차지만 아무래도 뒤처리는 좀 모자라니까.

도둑

보라, 나무와 풀들을! 모두 자기 발 아래에 이파리와 열매들을 떨어뜨리고 있다. 살다가 때가 되면 그 자리에 몸져누워 죽는 게 자연이다. 내 머리털, 손발톱, 살비듬, 그 어느 것 하나라도 내가 사는 바깥으로 나가지 않을 것이다. 내 똥은 더 말할 것도 없다.

저것들이 …

감히 내 똥을 훔쳐?

어떻게 모은 똥인데 …

날도둑놈들!

푸드덕

휙

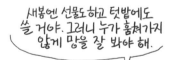

새봄엔 선물도 하고 텃밭에도 쓸 거야. 그러니 누가 훔쳐가지 않게 망을 잘 봐야 해.

호미 들고 한 걸음

겨울 손님

성장하기를 바라는가! 한겨울 꽁꽁 언 얼음장을 박차고 돋아날 푸르른 새싹처럼?
그러나 봄은 아직 멀었다!

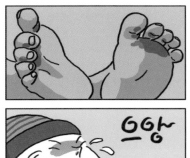

성장하기를 바란다면 겨우내 고생을 해야 한다. 그러면 반드시 깨닫는다.
동상은 온냉탕을 번갈아 하는 족탕이 좋다는 것을.

하늘 나중

철학자이자 예술가인 우테레는 높은 것을 우러러 날마다 하늘만 바라보며 살았다. 어느 날 그는 자기 발이 땅에 닿아 있는 걸 보고는 크게 놀라 다시는 걷지 않게 되었는데, 끝내는 두 발이 굳어 버렸고 시름시름 앓다가 죽고 말았다. 심리학자이자 정신과의사인 옴파부난은 이를 두고 생이배쫑 증후군이라고 말했다.

몸살

생이배쫑[生二培鍾]은 낭만이와 망난이라는 새 두 마리에 얽힌 옛이야기다. 하늘을 날던 새 두 마리가 목이 말라 땅에 내려왔는데, 뜻밖에 달콤한 술맛에 빠져 마셔 대다 그만 사람이 되고 말았다. 땅에 붙박여 살게 된 둘은 하늘을 날 수 없게 되자 슬픔에 겨워 날마다 술에 절어 살았다. 낭만 있게 사네, 망나니처럼 사네, 떠들어 대면서. 땅에 침을 뱉으면서.

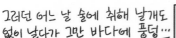

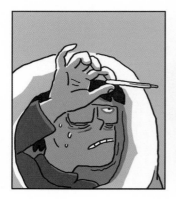

텃밭 하나 만들다 죽겠네. 그깟 일에 몸살이야.

어제, 약이라도 져다 드려?

아니, 견뎌야지. 이건 땅이 주는 가르침. 높지 않고 낮게, 머리만 쓰지 말고 몸으로 살라고 몸살이야.

이제 텃밭에 뭘 심어야 할지 깨달았어.

뭘 심을 건데?

그건 바로…

내 몸! 이야.

으이그~ 그 입은 안 아프구나!

아으아으

콕콕

213

뤼에도 생이배쫑

뤼에, 그림 그리는구나.
생이배쫑 알지?

땅을 잊어선
안 돼. 땅 버리면
예술 죽는다.
땅, 땅, 땅!

땅
또,
시작.

땅

저 이상한
신념.

어디 보자.
오, 이건 뭐지?

땅만 그리니까 지겨워.
땅에는 돌이랑 풀이랑
개미랑 지렁이도 있어.

깊이

깊이를 생각해 본다. 나는 깊이 있는 사람인가. 그렇다. 그것도 꽤나. 나는 사랑과 열정이 넘쳐나는 뜨거운 심장을 지녔음에도 섣부르지 않다. 내 머리는 차갑고 꼼꼼해서 뭐든 한 걸음씩 내딛는다. 깊이 있게 셈하고 따져, 아니다 싶으면 서둘러 머릿속에서 지운다. 얼른 버려야 한다. 오래 가서는 안 된다. 겨를이 없다. 난 꾸준한 건 못 참아. 빨리빨리! 엄벙뗑! 찔끔찔끔! 그렇다. 나는 알고 보면 깊이 있는 사람이 못 된다. 이것이 내가 땅을 파고 돌을 고르며 깨닫게 된 내 깊이다.

하하핫!

자, 보라고!
내가 해내고
말았지!

누가 나를
얕볼 수 있어?!

겨울 내내
일을 했다는게
...

기껏, 이거야!

악

씩씩

와르르르르...

봄 마중

어머니가 집에 왔다. 벌써 봄나들이라니.
그런데 내가 애써 만들어 놓은 텃밭을 보더니
대뜸 혀를 차며 말했다. "너는 어려서부터
뭐 할 줄 아는 게 없어!" 내 깊이에 흠이 났다.

굳이 어머니께 느리게 사는 삶이란 어떤 것인지 말하지 않았다.
빠름이 사람들을, 자연을 얼마나 망가뜨렸는지도 말하지 않았다. 왜냐하면
어머니는 일을 끝내자마자 시간이 없다며 집으로 돌아갔기 때문이다.
겨울은 가고 봄마저 빨리 온 것이다. 아, 모든 게 너무 빠르구나!

거짓

텔레비전이 있다면 켜 보라. 가수가 입만 벙긋대는데 노래가 흘러나온다! 거짓이 판치는 세상이다. 텃밭에 씨앗을 뿌리다니. 어떻게 이 조그만 게 우릴 먹여 살리는가. 먹을거리는 시장에서 나는 거라고 이미 배웠는데 그럼 내가 공부를 잘못 했단 말인가. 내 학문이 이리도 헛될 수 있단 말인가.

진짜

싹이다! 싹이 나왔다! 아, 싹이 나오다니!

벙굿대는 저잣거리로 오랜만에 나가는군.

사람들은 피하도록. 웬만하면 아는 사람도 모른 체하고.

알았어.

레기덩, 다 됐어?

벙굿대는 세상 사람들 아는 체해 봐야 말도 안 되고 마음만 다쳐. 우리 같은 쑥맥들은 그저 시골서 조용히 사는 게…

아이구, 알았다니깐! 좀 비켜!

레기덩, 가자니까!

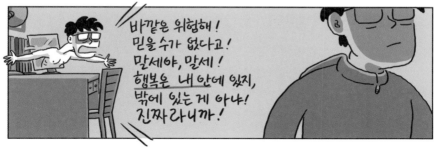

바깥은 위험해! 믿을 수가 없다고! 말세야, 말세! 행복은 내 안에 있지, 밖에 있는 게 아냐! 진짜라니까!

목욕하고 장 보고 여기로 올게.

제발! 너무 빨리 달리지 마.

아빠, 공부 많이 해.

그래.

다시는 도시에 오지 않겠어. 이번이 진짜 마지막이야.

아, 십진 분류 520이 농업 책시렁이구나. 아니, 그런데 이건 또 뭔가? 자연농법에 태평농법, 유기농법, 그린음악농법, 예술농법, 우렁이농법, 지렁이농법, 오리농법, 키토산농법, 스테비아농법, 해수농법, 유산균농법, 미생물농법… 이게 다 뭐람? 여기가 무슨 시장통이란 말이냐!

231

감성농법

정성을 다하면 모든 게 다 이루어질 것이다. 느낌 가는 그대로, 온 마음을 다해 말하면 싹들은 내 목소리를 듣고 활짝 열매를 맺을 것이다. 나는 땅을 믿는다. 벙긋대지 않는 땅을!

이것은 감성농법이다. 이제부터 내 농법을 감성농법이라 부르겠다.
어떤가, 멋진 이름이잖은가. 하하핫!

풀이 살아야 흙이 산다. 돌고 도는 나눔과 베풂으로 뭇 생명을 먹여
살찌우는 땅이다. 저 혼자 잘 먹고 잘 살자는 게 아니다. 땅에 발붙인 모든 것이
한 식구임을 잠깐이라도 잊지 않는 것, 그게 바로 감성농법이다.

잡초는 없다

어머니가 오랜만에 집에 왔다. 시내에 살면서도 텃밭을 잘 가꿔 푸성귀를 푸짐하게 짊어지고 왔다. 시골에서 나고 자라 농사짓던 솜씨가 어디 가지 않는다. 그렇지만 자연을 거스르는 농법이다!

어머니, 사람이 먹는 음식인데 약 뿌리지 마세요. 농약 없이도 농사지을 수 있어요.

아니다. 약 안 치면 농사 못 지어. 거둘 게 없어.

농약 많이 쓰면 땅이 죽어요.

땅이 왜 죽어? 잡초가 죽지.

왜 자꾸 풀을 잡초라고 불러요? 세상에 잡초는 없어요.

잡초가 없긴! 먹자고 심는 거 빼곤 다 잡초지.

풀들은 저마다 제 이름이 있다고요. 풀을 잡종처럼 깔보니까 그렇게 부르는 거라고요!

깔보고 말고가 어딨어? 그딴 웃기는 소리 마라!

용서하세요,어머니.
아범이 뭘 잘 몰라서
그래요.

제 어미를 바보라는데
어떻게 용서를 해?
나쁜 놈 같으니!

저런 놈을 아들이라고
뒀다니. 내가 부끄러워
고개를 못 들겠다.

맘 푸시고
푹 주무세요.

오냐.
자거라.

당신 왜 그래? 어머니를
꼭 이겨야 속이 시원해?!

잡초는 있다

풀 이름을 모르면 그냥 풀이라 불러도 좋다. 산에 피면 산풀, 들에 피면 들풀, 풀들은 굳이 제 이름을 알리려 하지 않는다. 그저 그냥 나고 자라고, 피고 질 뿐이다. 그러니 어찌 예쁘지 않을까!

이럴 수가!
텃밭이 홀라당 옷을
벗어 버렸네!

이…이게…

뭐…
야…?

아들!

맙소사!
내…
내 풀이…

봐라. 이제 네 말대로
잡초는 하나도 없다.

245

빛과 그늘

보라, 검게 그을린 아마땅 얼굴을!
나, 시골뜨기야! 하고 쓰여 있잖은가!
보라! 무엇이든 으스러뜨릴 것 같은
저 잔뼈 굵은, 뱀도 잡는 손마디를!

어쩜!

상추, 열무, 시금치, 오이, 가지, 고추…
와, 정말 먹을 게 많네!

아줌마, 채소비빔밥 해 주세요!

와!

맛있겠다!

언니는 정말 농사를 잘 지어.

에이, 뭘.

아, 맛있다. 냠냠!

시골뜨기가 할 줄 아는 게 뭐 있겠어. 어깨너머로 농사나 배운 거지, 뭐.

나도 시골 사니까 시골뜨기야.

이담에 크면 아줌마처럼 잘 해서 맛있는 비빔밥 많이 해 먹을 거야.

호호홋

깔깔깔

아, 맛있다. 냠냠!

눈에 보이는 것만이 있는 것이 아니다. 보이지 않는다고 없는 게 아니다.
그늘을 등지고 빛만 쫓다가는 모든 게 메마르고 타 버리고 말 것이다.
그늘에도 빛이 있다는 걸 알아야 한다. 실낱 같은 그 어떤 한 줄기 빛이.
감성은 그늘에서 그 빛을 머금고 자란다.

풀밥

그릇이 커서는 안 된다. 크면 클수록 채워야 할 게 많아지고,
채워지지 않으면 부끄러워질 것이다.

이건 사람이 키운 게 아니고 스스로 자란 거라 텃밭 채소보다 더 영양만점이다.
밥 넣고 참기름 넣고 이렇게 이렇게 비비면, 정말 맛나지!

비벼 먹는 사람, 끝까지 비빌 것이고,
빌어먹는 사람, 끝까지 빌어먹을 것이다.

세상을 사는 슬기

난 조용히 살고 싶기 때문에 이웃 일에 끼어들지는 않겠다.
그러나 지켜보겠다. 아마떵이 뿌려 대는 농약에
허우적대는 생명들을! 끔찍하게도 그이들에게 지옥이란,
다름 아닌 텃밭이다!

잊지 않겠다. 우리가 얻어먹었던
모든 채소가 거짓에서 비롯되었으며
지옥에서 나온 것이라는걸!

푸성귀 좀 드셔.
우린 너무 많아서.

정말 뽐내는군.
약 치고 비료 주면
누가 그만큼
못 해!

아, 아닙니다. 저희는 뭐예가
아토피가 있어서 …

?

드르륵.

약을 친 채소는
죽어도 안 먹…

어머, 언니
고마워요!

농약 친거 얻어먹지 말라니까!

냠냠

쩝쩝

레기덩, 그냥 먹자.좀.

아빠, 비빔밥 정말 맛있어. 얼른 먹어.

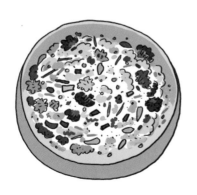

옳다, 그르다, 진짜다, 아니다 가르는 것만이 세상 사는 슬기가 아니다.
아마떵이 우리 식구에게 나누어 준 깊은 정을 생각하면 농약을 한 바가지 뿌렸다
해도 맛있게 먹을 수밖에 없지 않은가. 얻어먹어도 괜찮다. 뤼에도 말하지 않던가.
주는 거나 받는 거나 다 기쁜 일이라고.

사람은 무엇으로 사는가°

나는 이렇게 말했을 뿐이다. "고향과 자연, 그리고 아이들! 이게 우리가 돌아가야 할 세 가지, 삼돌이다! 삼돌하려면 땅에 발 딛고 살아야 한다. 땅은 어머니다. 어서 가자. 삼돌해서 사람 되자!" 그런데 왜 저들이 나를 비웃는 것인가. 내 말을 똥구멍으로 듣는가!

● 톨스토이의 단편소설 제목에서 따옴.

나는 누구인가

우리는 모든 걸 잃어버렸다. 모든 걸 잊었다. 심지어 엊저녁 떠벌린 말까지도 말이다. 이제 게워 내야 한다. 뼛속 깊이 썩은 찌꺼기를 꺼내 기억해 내야만 한다. 나는 누구인가.

거울 속에 비친 너.

너는 누구냐?

착각 착각

흑흑흑.

악

아, 왜 또 머리는 자르는데~?

착해질게.

찔끔해도 괜찮아

사람에게 땅은 얼마나 필요한가

백 평 밭을 빌렸다. 공짜로 빌렸으니 라진첵도 좋아할 것이다. 아무도 나를 안 믿겠지만, 이번에는 본때를 보여 줄 것이다. 꼭!

틱틱

씨앗, 모종, 포트, 상토, 지지대, 한랭사, 비닐, 끈, 부대,
천막, 톱밥, 삼태기, 호미, 낫, 갈퀴, 쇠스랑, 호스, 물뿌리개,
토시, 흙방석, 밀짚모자, 비옷, 철사, 모종삽, 들통, 목장갑,
분무기, 장화, 전지가위, 농사도감에 선크림…
잠깐, 선크림은 내가 산 게 아니야!

봐! 보라고! 이 돈이면
사다 먹어도 푸질 텐데,
왜 먹을 게 안 나와?!

왜 왜 왜 왜

세상에 밑지는 텃밭이 있어?
열 평 텃밭도 이 꼴인데
이 넓은 땅을 무슨 재주로 해!

같이하면 되잖아!
여럿이 함께!
재미나게!

농사가 무슨
심심풀이 땅콩
이야? 난 돈
벌러 나가야지!

● 톨스토이의 단편소설 제목에서 따옴.

믿음

독약은 치지 않겠다. 죽는 한이 있다 해도.
모든 땅붙이와 어우러져 잘 살고 잘 죽겠다는
믿음뿐이다! 그것이 내 종교다!
누구든 내 종교에 발을 들여놓으라.
하나도 지치지 않는다. 정말 재미지다.

그대를 위하여

밭두둑에 무르팍을 꿇어 보면 알 것이다. 풀 매고 한 걸음, 돌 고르고 한 걸음, 호미 걸음한 걸음이 진보라는 것을. 저기 저 아낙을 보라. 밭에서 일하다 그만 잠이 들지 않았는가. 그러나 그녀는 무슨 일이 있어도 호미를 내려놓지 않는다!

라진첵은 늘 내 건강을 아끼고 돌본다. 그녀는 내가 생명을 사랑하고 고기를
입에 대지 않는 채식주의자여서 단백질을 보태야만 살아남는다는 걸 알고 있다.
내가 죽기를 바라지 않는다면 라진첵, 여긴 마땅히 콩을 심어야 해!

콩농사

콩을 뿌렸다! 다짜고짜 우격다짐이 아니다.
저 콩 싹을 보라! 라진첵도 저 파릇파릇 돋아난 이파리를
보고 하마터면 눈물을 흘릴 뻔했다. 보라고, 내 말이 맞지!

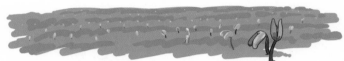

그런데…저건… 또 뭐냐?

그각

푸드드드드…

이 나쁜 놈들아!

훠이 훠이

아니…저것들은…또 뭐냐?

진짜 채식주의자는 노루를 잡아먹을 줄 안다. 노루가 죽어야 노루가 사는
것이라는 걸 누구보다도 더 잘 알고 있다. 그것이 내가 총을 들게 된 까닭이다.

벌레 한 입, 새 한 입, 나도 한 입. 생명을 사랑하는 마음으로 뿌린 콩이다. 그러나 뿌린 콩 반의 반은 까치가 먹고, 멧비둘기가 반의 반, 무성한 잎을 노루가 뜯어먹어 또 반의 반, 벌레들이 또 반의 반, 마지막으로 남은 콩 반의 반을 꿩이 먹었다. 우리는 꿩들이 퍼질러 싼 똥 냄새를 맡아 가며 놈들이 먹다 남은 걸 이삭줍기해서… 이건 뭔가 잘못된 거 같다.

그러나 우린 털어야 한다. 과거 또한 기꺼이 털어 내야만 한다.
그것이 오늘을 사는 법이다. 시방 나는 부끄럽지만 내일을 꿈꾸는
내 딸에게 이렇게 말하겠다. 자, 털자!

해방 된장

퇴비 주고, 밭 갈아 콩 뿌리고, 풀 매고 거두어 턴 다음,
콩을 삶고 메주를 만들어 띄워, 말리고 씻고 소금물에 담그면 된장이 된다.
진짜 해방된 여자는 이게 중요하단 걸 안다. 뿐만 아니라
고추장, 간장, 김치, 장아찌, 묵나물, 동치미, 젓갈 따위도.

제목: 댄장만들기

오늘은 댄장을 만들엇다. 아빠가
그 댄장을 해방댄장이라고 햇다.
노처녀처럼 해방댄거다. 나는 결혼하는
거 보다 노처녀가 조타. 엄마도 다시
태어나면 결혼하지 안고 혼자
살겟다고 햇다. 댄장도 사다가
머그라고 햇다. 하지만 아빠한태는
비밀이다. 아빠는 우리한태
속은거다. 바보가치. 히히

붉은 보리밭

보라, 누렇게 익어 출렁거리는 보리를! 지난가을 얻어다 뿌린 보리 한 말이
기다림 끝에 열매 맺었다. 거친 비바람과 눈보라를 견뎌 낸 열매다!

레기덩, 똑똑히 봐. 이건 출렁거리는 잡초밭이야.

보리가 있는 잡초밭!

잡초라고 부르지 말라니까, 그냥!

그래도 꽤 나올 테니 두고 봐!

튓

자, 낫질을 해 보자고!

좋아!

에그, 몽땅 잡초야. 건질 게 없어!

……

아우 아우…

아우 아우

레기덩, 왜 그래?

한 톨이라도 아껴 볼 요량으로 이삭 끝을 잡고 낫으로 자르다가 그만 손가락을 콱!
붉은 피가 보리를 적셨다. 땅에 뿌리는 게 어찌 씨앗뿐인가!

깨달음

바야흐로 보리타작을 하였다. 그런데, 어찌하여 얻은 게 고작 두 되인가, 뿌린 건 한 말인데! 사람들은 입을 다물지 못할 것이다. 누가 쉽게 받아들이겠는가! 그러나 똑똑히 알아야 할 것이다. 삶에는 덧셈뿐만 아니라 뺄셈도 있다는 것을. 어떨 땐 뿌린 만큼도 거두지 못한다는 것을 말이다.

294

삶을 꿰뚫어 보라. 이 모든 게 복잡하고 어려운 것이 아니다. 어찌 거두는 게
그것뿐이겠는가. 나는 비로소 깨달음에 다다랐다. 아뇩다라샴막삼, 보리!

행복주머니

아니, 그런데 이 벌건 대낮에 남의 밭에서 얼쩡거리는 저 아낙네는…

아니… 라진첵 흙방석 차고 거기서 뭐 해?

이제 더는 당신을 믿을 수 없어. 틈날 때마다 나와서 살필 거야.

라진책이 행복주머니를 새로 만들었다. 먼저 쓰던 건 숭숭 구멍투성이라 버렸다.
주머니 안에 있는 건 모두 작고 귀여우며 하찮기까지 한 것들이다.
꿀맛 같은 단팥빵처럼, 언제든 꺼내 맛볼 수 있는!

끄응
오우! 멈출 수가 없어. 정말 잘 나와!
하하…
왠지 모르게 기분이 좋네.
뭐랄까, 짐을 벗은 것처럼 시원해.
욱…
내가 어쩌다 …여기 앉았지? 안 돼! 이 너절한 똥통에 내가 앉다니!
으악

꿈꾸는 마음

나는 날마다 꿈이 이뤄지는 것만 생각한다.

일하느라 피곤하지? 정말 수고가 많아. 고마워, 라진첵. 언제나 고맙게 생각하고 있어.

여보, 그런데… 저기 말이야.

왜, 요 아래 이장네 축사 아래 밭 있지? 그밭 임자가 농사를 안 짓고 도시에 산다더군.

그 밭이 몇 평 이래더라? 한 천 평쯤?

꾹꾹

뭐, 그까짓 천 평, 얼마 되는 건 아니지. 누워 떡 먹기지. 안 그래?

그래서… 하는 말인데…

하지만 꿈꾼 게 다 이뤄지지는 않는다. 그 어떤 아름다운 꿈일지라도.
그러니 굳세게 마음먹어야 한다. 아무렴 어떤가. 꿈이야 언제든 다시 꾸면 되는 걸.
안 그런가!

찔끔한 삶

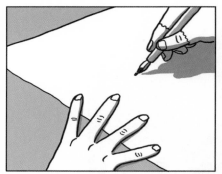

여보, 밭일 안 해?

득!

왜 자꾸 그래?
나 작업해. 그동안 너무
쉬었어. 나중에 할게.

밭에 잡초가
엉망이라고!
만날 밑지는
농사만 할 거야?

아, 일 좀 하자니까!
난 머리가 나빠서
한 가지밖에 못 해!

찔끔거리는 삶을 나무라면 안 된다. 가끔은 이도 저도 아니기도 하고,
영망진창에, 꼴값을 떨게 되는 한이 있더라도. 어차피 모든 건 영(0)으로
돌아간다. 그러니 찔끔한들 어떠리!

제주 말 따라잡기

이 책에 나오는 사람들 이름은 모두 제주 말에서 따왔습니다.

자, 그럼 제주 말 속으로 살짝…

아마떵은 '갑자기 놀랄 때 내는 소리'에서 빌려왔어요.

아마떵어리!

히히

아빠!

무스거떵은 '뭐, 어떻게?'라는 뜻이에요.

제발 닭 좀 그만 잡으세요. 고기 없어도 술 마실 수 있다고요.

무스거 어떵?

뤼에와 레기떵을 물어뜯은 패락쉬는 '거칠고 너그럽지 않다'는 뜻입니다.

이 나쁜 놈이 또…

왈왈왈

앙

멘도롱은 '따뜻한 느낌이 있다'는 뜻이죠. 어, 정말 그리네.

하하하!

누네훼싸는 '깊이 관심이 생겨 자꾸만 떠오른다'는 뜻이래.

어머, 레기떵이 나를?

누니벨룽은 '눈이 크다'는 뜻입니다.

더 크게 뜨고 봐 봐! 감자가 보이냐고!

나, 이 장면 땜에 힘들어 죽겠다, 그냥!

무뚱아피는 '문 앞 처마 아래'를 말합니다. 죽음이라는 문 앞에서…
가만히… 기다리셨죠.

게므로사는 '아무리 그런들', 몽캐는 '꾸물대고 느리다'. 만약 레기덩이 서둘렀다면 몽캐는 어찌 됐을까?
에이~그러지 말고 가져가.
아유~ 안 먹는다니까요.

낭질은 '나무와 짓(일)'을 더한 말입니다. 나무를 좋아해서 늘 뭔가를 만듭니다.
뭐해요?
어. 겨울에 동네사람들이 같이 탈 썰매.

계매양은 '글쎄요'. 잘은 모르지만 그녀는 자신이 갖고 있는 걸 하염없이 덜어 내는 거 같아요.
글쎄. 과연 그럴까?

오가노렌은 '오고 간다'. 어제 내려왔거든. 내일 또 올라갈 거.

졸바르는 '바르다'.
필요하면 언제든!

비두웟은 '기도하는 소리'.
늘 행복이 가득하길.

311

노또매는 '놀기만 하는 아이'. 열룬은 '얇다'. 쭌쭌은 '가늘다'. 드르쌍은 '내팽개치고 놔둔다'. 동코레기는 '아직 크지 못한 열매'. 헤끄만은 '작다'. 왈캐기는 '왈패'. 늬치렴은 '입에 흐르는 침'. 그리고 …

아, 애들 이름이 다 기억이 안 나.

생이는 '새', 우테레는 '위로', 움파부난은 '속을 파내다'.

비애기는 '병아리', 돌코롬은 '달콤'.

벨루에, 벨라진첵, 벨레기덩은 모두 어숫비숫 합니다. '별나다, 남다르다, 잘난 체하다' 등등 …

그리고 마지막으로, 오골레기 오고생이는 '온전히 있는 그대로'.

참 예쁜 말이지? / 응.

루에, 아빠 제주 말 엄청 잘하지? / 칫, 아빤 뻴레기뚱! / 호호호

작가 후기

반쯤 시골에 굴러 들어온 지 십 년. 푸르른 숲과 흙 내음, 나무와 새들, 시골 달과 별을 만났다.

> 헤아릴 수 없이 소중해. 돈 주고도 살 수 없어.

하지만 자연과 좀 더 가깝다고 사람이 자연스러워지는 것은 아니다. 오히려 내가 자연과 얼마나 다른지 날마다 깨닫는다.

> 풀밭에 앉지 말랬지! 소참진드기 한테 물리면 죽는다니까!

> 뒤에, 저리 가!

> 아아, 살살 털어.

> 진드기다.

> 퍽 퍽

촌 동네서 꿈은 많았다. 똥거름 나르며 농사도 지어 봤다. 책상머리에서만 노닐던 손에 굳은 살이 박일 만큼 돌을 고르고 풀을 맸다. 하지만 모두 글러 먹었다. 죽게 골병만 들었다.

> 땅 파는 거 말고는…

> 할 줄 아는 게 없어.

> 아… 재미나다가 죽겠다.

나는 깨달았다. 뭔가를 하는 것보단 아무것도 하지 않는 게 내겐 훨씬 나은 일이란 걸. 그래서 웬만해서는 아무것도 하지 않기로 했다.

> 아, 깨닫는 건 정말 기쁜 일이야.

> 벌러덩

그러나, 아무것도 하지 않는 일은 무엇인가를 하는 것 보다 더 어려운 일이라는 걸 나는 곧 알게 되었다.

> 이 풀을 다 매면 다시 겨울이 올테지. 봄이 오면 또 풀이 나고…

> 그럼 농사는 언제 짓냐~

> 음…

> 까딱 까딱